P'TiT LOUP

va à la piscine

Orianne Lallemand
Éléonore Thuillier

AUZOU éveil

Aujourd'hui, P'tit Loup va à la piscine avec Papa.
« Regarde Papa, j'ai tout préparé !
— On ne va pas emporter tout ça, rit Papa.
Les brassards et la serviette, ça suffira ! »

À la piscine, P'tit Loup et Papa
se mettent en maillot de bain.
« Ce n'est pas facile de se changer,
grogne Papa, on est bien trop serrés !
— Moi, je suis prêt ! » crie P'tit Loup.

Après la douche, P'tit Loup se précipite
vers le petit bain.
« Tu ne veux pas plutôt aller dans le grand bassin ?
propose Papa.
— Non merci, répond P'tit Loup,
je préfère m'amuser ici. »

Et il se glisse dans l'eau tiède.

Papa en a assez de barboter,
il voudrait aller nager dans le grand bassin.
Mais P'tit Loup n'est pas décidé…
« C'est trop profond, je n'ai pas pied…
— Ne t'inquiète pas, le rassure Papa,
je vais te prendre dans mes bras. »

Dans le grand bassin,
P'tit Loup s'amuse comme un fou.
« Attention… voilà le terrible requin !
dit Papa en s'approchant.
— Tu ne me fais pas peur du tout ! »
se moque P'tit Loup.
Et splash ! il l'éclabousse un grand coup !

Un peu plus tard, Papa saute du grand plongeoir.
P'tit Loup est épaté.
« Il faut commencer par des mini-plongeons,
explique Papa. Tu veux essayer,
petit poisson ? »

Mais P'tit Loup a bien trop peur.
Il ne veut pas sauter.

« Assieds-toi au bord et saute dans mes bras,
l'encourage Papa. N'aie pas peur, je suis là. »

Plouf ! ça y est, P'tit Loup a sauté !
« Bravo, mon grand ! le félicite Papa.
— Encore ! » crie P'tit Loup.

Avant de partir, Papa montre à P'tit Loup
comment nager la brasse.
« Il faut imiter la grenouille :
tu mets les bras loin devant
et tu pousses sur tes jambes. Comme ça !
— C'est fatigant, dit P'tit Loup.
Moi, je préfère faire le dauphin… »

Et hop ! P'tit Loup plonge sous l'eau.
Cette fois, c'est Papa qui est épaté.
« Bravo ! Moi qui croyais que tu avais peur
de mettre la tête sous l'eau !
— C'était avant, répond P'tit Loup.
Maintenant je suis grand ! »

Toutes les histoires tendres et malicieuses de P'TiT LOUP

Responsable éditoriale : Agathe Lème-Michau – Éditrice : Marie Marin – Responsable studio graphique : Alice Nominé – Mise en pages : Ève Gentilhomme
Responsable fabrication : Jean-Christophe Collett – Fabrication : Bertrand Podetti – Colorisation : Ludivine Puyo – Correction : Lise Cornacchia